ROGÉRIO ANDRADE BARBOSA

Ilustrações de
ALBERTO LLINARES

O enigma dos chimpanzés

1ª edição

Copyright © Rogério Andrade Barbosa, 2004

Editor: ROGÉRIO CARLOS GASTALDO DE OLIVEIRA
Assistente editorial: KANDY SGARBI SARAIVA
Secretária editorial: ANDREIA PEREIRA
Suplemento de trabalho: MARIA REGINA BELLUCCI
Coordenação de revisão: FERNANDA A. UMILE
Gerência de arte: NAIR DE MEDEIROS BARBOSA
Supervisão de arte: ANTONIO ROBERTO BRESSAN
Diagramação: MILTON RODRIGUES
Ilustrações: ALBERTO LLINARES
Produtor gráfico: ROGÉRIO STRELCIUC
Impressão e acabamento: LOG & PRINT GRÁFICA, DADOS VARIÁVEIS E LOGISTICA S.A.

Dados Internacionais de Catalogação na Publicação (CIP)
(Câmara Brasileira do Livro, SP, Brasil)

Barbosa, Rogério Andrade
  O enigma dos chimpanzés. / Rogério Andrade Barbosa ; ilustrações Alberto Llinares. — São Paulo : Saraiva, 2005. —
(Coleção Jabuti)

  ISBN 978-85-02-05079-2

  1. Literatura infantojuvenil I. Llinares, Alberto. II. Título. III. Série.

05-1025   CDD-028.5

  Índices para catálogo sistemático:
  1. Literatura infantojuvenil   028.5
  2. Literatura juvenil   028.5

8ª tiragem, 2024

Direitos reservados à
SARAIVA Educação S.A.
Avenida das Nações Unidas, 7221 – Pinheiros
CEP 05425-902 – São Paulo – SP
Tel.: (0XX11) 4003-3061
www.aticascipione.com.br
atendimento@aticascipione.com.br

CL: 810208
CAE: 603298

À doutora Jane Goodall,
por sua luta em defesa dos chimpanzés.

Sumário

Passeio ao zoológico 7
O misterioso chimpanzé 9
O velho cientista 13
Jane Goodall 16
Um ecologista muito doido 17
De volta ao zoológico 20
Desvendando o mistério 22
Seguindo a pista 26
Na mansão dos mafiosos 30
A ratoeira voadora 35
Rumo ao desconhecido 39
Prisioneiros 42
O doutor Nikolaus Kinsky 44
Joana 45
Um convite muito estranho 49
Na câmara dos horrores 53
Novas revelações 56
Planejando a fuga 59
Abrindo caminho 61
Disfarçados de índias 65
Santa Cruz de la Sierra 70
O trem da morte 72
Nos trilhos da aventura 76
Lutando pela vida 81
Puerto Suárez 83
Nos braços da morte 86
Cartada final 88
Fim de papo 90

PASSEIO AO ZOOLÓGICO

Para mim não tem coisa mais chata do que excursão de colégio. E logo ao Jardim Zoológico! Detesto ver os animais presos atrás daquelas grades. Mas a professora de Ciências disse que era obrigatório. Além disso, ela ia dar nota para os trabalhos realizados depois da visita.

Não tive outro jeito senão acompanhar a barulhenta turma do 9º ano. Mal saímos da porta da escola, começou a maior bagunça dentro do ônibus. Parecia um bando de loucos gritando e batendo na lataria, enquanto berravam uma série de canções com refrões de duplo sentido.

Outros, mais afoitos, enfiavam a cara pela janela, brincando e mexendo com as pessoas que passavam nas calçadas: "Ô quatro-olhos! Aí, careca!".

Era por essas e outras que eu não gostava muito desse tipo de passeio. Até que acharia legal zoar um pouco também, mas, como tenho problemas de audição e de fala, fica difícil.

Quando eu era pequeno, me chamavam de "Mudinho". Depois que cresci, rolava na rua com o primeiro que me tratasse assim. Agora tenho quase quinze anos e passei a ser chamado de "Cientista", por causa do meu cabelo desgrenhado e da mania de andar pra tudo quanto é lado com um livro debaixo do braço.

Até os dez anos, antes de passar a usar um novo tipo de aparelho auditivo, estudei numa escola especial para surdos e mudos. Sei usar a linguagem dos sinais e aprendi, através de muitos exercícios, a articular as palavras corretamente. Porém, as frases saem da minha boca com muito esforço, num tom estranho e cavernoso. Por isso é que sou supertímido e inseguro.

Quando terminei o 5º ano, meus pais acharam que era melhor, de acordo com vários especialistas no assunto, que eu fosse estudar numa escola regular. Mas eu preferia ter continuado no Instituto de Surdos e Mudos. Lá, pelo menos, éramos iguais em nossas deficiências e tínhamos os mesmos problemas de comunicação. Até para namorar era bem mais fácil.

— Chegamos — avisou a professora, assim que o ônibus encostou num dos portões laterais do Zoológico.

O Misterioso Chimpanzé

— Cientista, corre aqui!

Quem estava me chamando era o Paulinho, um baixinho gozador que se intitulava "rei dos bailes suburbanos".

Ele e o resto da turma estavam amontoados na frente do cercado dos micos. Embora fosse proibido, jogavam pedaços de biscoitos para os bichos, divertindo-se com a brigalhada e a algazarra dos macaquinhos pela posse das migalhas.

— Veja — disse Paulinho, apontando para a última jaula da ala dos macacos.

Um chimpanzé adulto, de olhos tristes e profundos, estava sentado sozinho no chão de cimento, alheio a tudo.

— Ele sabe fazer sinais igualzinho a você — fofocou Patrícia, a garota mais chata da sala.

— É verdade — emendou Paulinho, ao mesmo tempo que começava a agitar as mãos em frente da jaula, imitando os meus gestos desajeitadamente.

Para minha surpresa, o chimpanzé levantou os olhos para o meu colega, observando-o atentamente, como se estivesse querendo decifrar a estranha mensagem. Acercando-se da grade, sacudiu a cabeça, dando mostras de não estar entendendo nada.

Foi então que aconteceu algo fantástico. O animal, por incrível que pareça, tentou comunicar-se com o Paulinho, usando a linguagem dos surdos-mudos! Os dedos da mão peluda abriam e fechavam, transmitindo as letras do alfabeto com nitidez:

— Não entendo. Quem é você? — perguntou o chimpanzé, através de gestos, quase me fazendo cair para trás.

— Viu?! — exclamou Paulinho. — O que ele está dizendo? — perguntou com ar de espanto.

— Não está dizendo nada — respondi com extrema dificuldade, tal o meu nervosismo. — Os chimpanzés gostam de imitar as pessoas, é só isso — despistei, mal contendo a curiosidade e a emoção.

— Não falei? — zombou Patrícia. — Só faltava essa! Macacos que sabem se comunicar com a gente!

— É mesmo — concordou Paulinho. — Vamos embora. A turma já desceu — resumiu, puxando a loirinha pelo braço.

Fiquei ali, estático, não conseguindo acreditar no que tinha acabado de presenciar. O chimpanzé voltou a sentar-se, os ombros encurvados, como se fosse um velho cansado da vida.

Não havia mais ninguém por perto agora. Tomando coragem, estiquei o braço e bati de leve na grade. O bicho virou o rosto quase humano para mim. Os olhos inteligentes encarando-me fixamente.

— Meu nome é Rodrigo. Quem é você? — perguntei, usando somente as mãos.

O olhar do chimpanzé iluminou-se subitamente de alegria. Num salto, pôs-se de pé e respondeu com gestos claros e precisos:

— Me tira daqui.

Eu não estava sonhando. O chimpanzé sabia a linguagem dos surdos-mudos! Devia ter aprendido com alguém.

— Quem lhe ensinou a usar os sinais? — perguntei de novo.

— Mulher cabelos longos — respondeu, colocando as mãos na cintura para mostrar até onde ia o comprimento.

— Como é o nome dela?

— J-o-a-n-a — soletrou.

— Onde?

— Lugar de muitas jaulas.

— De onde você veio? — insisti, ansioso.

— Casa grande com gente ruim. Perto gigante de pedra — explicou, abrindo os braços, imitando a imagem do Cristo Redentor.

Nesse instante, nossa conversa foi interrompida pela chegada da professora:

— Rodrigo, Rodrigo. Está na hora de ir embora. Só falta você. Vamos logo — gritou, retirando-se apressada como sempre.

— Adeus. Eu venho amanhã de novo — falei, despedindo-me do chimpanzé.

— Amanhã? — indagou o animal com um olhar triste e aflito.

— Sim.

Na volta, sentei-me no último banco do barulhento ônibus. Meu coração palpitava adoidado. E agora? Não podia contar a descoberta pra ninguém. Iam cair na minha pele e me chamar de maluco. Por enquanto, tudo tinha que ser mantido em segredo.

O VELHO CIENTISTA

Esqueci que, na segunda-feira, o Zoológico não abria. O que fazer? Só havia uma pessoa em quem eu podia confiar: o professor de Biologia, Lourival Sampaio, um velhinho de quase oitenta anos. Já estava aposentado, mas como era um dos sócios-fundadores do colégio, vivia enfurnado no laboratório de Ciências, em meio a microscópios e tubos de ensaio. Todo mundo achava que o coroa era aloprado. "Você vai ficar igualzinho a ele quando crescer", mexiam comigo.

Assim que as aulas terminaram, fui até o laboratório.

— P-posso entrar, professor? — gaguejei.

— Ah, é você! Entre, estou acabando de dissecar um sapo. Em que posso ajudar, meu jovem cientista?

— Professor, o que é que o senhor sabe sobre os chimpanzés? Tenho de fazer uma pesquisa, mas antes gostaria de ouvir a sua palavra sobre o assunto.

O velhinho levantou-se, lavou as mãos na pia e enxugou-as com uma toalha encardida. Ele era uma das poucas pessoas que não se impacientavam com a minha curiosidade e também com a dificuldade de me expressar oralmente.

— Bom — disse o mestre, tirando os óculos —, os chimpanzés são mais parecidos conosco do que qualquer outra criatura. Geneticamente, chimpanzés e seres humanos se diferenciam muito pouco um do outro. São animais extremamente inteligentes e possuem uma mente quase igual à nossa.

— É por isso que são utilizados como cobaias nos laboratórios, não é, professor? — lembrei.

— Infelizmente, Rodrigo. Os pesquisadores, quando necessário, usam os pobres dos chimpanzés para testar novos tipos de vacina e, muitas vezes, inoculam nos indefesos animais uma série de doenças infecciosas.

— Coitados — comentei. — E o que mais?

— Existem semelhanças igualmente impressionantes entre seres humanos e chimpanzés na anatomia, nas conexões do cérebro e do sistema nervoso. Sem falar no comportamento social, na capacidade intelectual e nas emoções.

— Eles são capazes de se comunicar conosco? — perguntei finalmente, ansioso pela resposta.

O velho cientista pegou um volume na prateleira de sua especializada biblioteca e respondeu:

— Já foram feitas várias tentativas, inclusive a de ensiná-los a falar, mas o resultado, nesse sentido, foi limitado. Cerca de sete palavras após anos de intenso esforço e treinamento.

— E por meio de sinais?

— Como você? Usando a linguagem dos surdos-mudos?

— Sim.

— É possível. Nos Estados Unidos e na Europa há casos de chimpanzés que aprenderam a linguagem dos sinais. No exterior as pesquisas nesse campo estão adiantadíssimas. Vou lhe emprestar o livro de uma doutora inglesa, Jane Goodall, que há dezenas de anos dedica sua vida ao estudo dos chimpanzés.

Animado com a resposta, resolvi abrir o jogo para o professor:

— Tenho um segredo pra lhe contar...

Ele escutou a minha história atentamente, enquanto limpava sem cessar as lentes dos óculos com a ponta do jaleco que usava por cima do terno.

— Você tem certeza de que o macaco conseguia se comunicar através de sinais? — perguntou, tão logo terminei o relato. — Crianças surdas e mudas costumam visitar o Zoológico. Ele pode ter aprendido com elas — duvidou.

— Não, não eram puras repetições. Ele me entendia e se fazia entender claramente — afirmei.

— Muito estranho — encerrou o professor, coçando a cabeça coberta de cabelos brancos. — Amanhã iremos ao Jardim Zoológico checar isso de perto.

JANE GOODALL

Passei o resto do dia lendo o livro que o professor Lourival me emprestou sobre a vida da doutora Jane Goodall, chamado *Uma janela para a vida*. Adorei!

Foi ela que anunciou ao mundo que os chimpanzés eram capazes de usar mais objetos como ferramentas do que qualquer outro animal além do ser humano. Em 1960, a doutora observou, pela primeira vez, um chimpanzé usando um graveto, que ele havia partido e limpado, para pegar formigas. As fotos de filhotes de chimpanzés enfiando varinhas nos cupinzeiros em busca dos apetitosos insetos eram inacreditáveis!

Já pensou passar mais de quarenta anos dentro de uma floresta africana, analisando o dia a dia dos chimpanzés?

Eu daria tudo para ter uma experiência igual à dela. Se não fosse a luta dessa incansável mulher, defendendo suas ideias, os chimpanzés não estariam protegidos no Parque Nacional de Gombe, no interior da Tanzânia.

Atualmente, uma nova geração de cientistas e auxiliares dão prosseguimento às pesquisas e ao trabalho de preservação dos chimpanzés iniciados pela doutora Jane Goodall, numa floresta cada vez menor, cercada perigosamente de plantações e de aldeias.

Conforme suas próprias palavras, "não é só uma população de chimpanzés que está desaparecendo. São indivíduos. Destruindo indivíduos de uma espécie como essa, destrói-se também toda a sabedoria que eles possuem, toda a cultura que foi transmitida de uma geração para outra."

UM ECOLOGISTA MUITO DOIDO

No outro dia, na saída do colégio, com a desculpa de fazer uma pesquisa na Biblioteca Nacional, marquei encontro com o professor Lourival na entrada do metrô da Cinelândia.

Quem não está acostumado a andar pelo centro do Rio de Janeiro, como eu, fica até assustado com o número de mendigos e barraquinhas de camelôs espalhados por tudo quanto é canto. O gozado é que o pessoal que fica bebendo chope nas mesas dos bares nem liga para a miséria e a sujeira em volta. Nos poucos minutos que fiquei ali, fui assediado por duas menininhas tentando me vender balas e amendoins.

Nas escadarias da Câmara dos Vereadores, um grupo de meninos de rua, esfarrapados, cheirava cola na cara de todo mundo.

Ainda bem que o professor Lourival chegou pontualmente às treze horas. Com ele vinha um garotão, parecendo aqueles *hippies* de antigamente. Camiseta, calça *jeans* desbotada, sandálias e bolsa de couro a tiracolo. E ainda usava um brinquinho na orelha esquerda e tinha os cabelos lisos e compridos amarrados num rabo de cavalo. Uma figuraça.

— Este é Fernando, meu neto — disse o professor, apresentando-me o rapaz. — Ecologista fanático. Daqueles que fazem campanha na rua contra a matança de baleias e a construção de usinas nucleares.

— Pare com isso, vovô — pediu Fernando, meio sem graça. — Muito prazer — falou, apertando-me a mão. — Fiquei supercurioso com essa história. Vocês sabiam, conforme li numa revista, que Paul McCartney envolveu-se numa mobilização para salvar um chimpanzé submetido a maus-tratos num circo? O ex-beatle foi quem custeou as despesas com a repatriação do animal para a África, um gesto bacana, não é?

Não gostei nada do professor Lourival ter contado meu segredo para o neto, mas Fernando parecia ser legal e meio doidinho como o avô. Além disso, seria mais uma pessoa para servir como testemunha.

— Vejam o estado desta praça! — protestou o professor, olhando ao redor. — Que imundície! No meu tempo não era assim — resmungou.

— Por isso que, mesmo não tendo carro, prefiro morar em Santa Teresa — disse o jovem ecologista. — É o melhor bairro do Rio. Uma tranquilidade.

— Só se for para gente nova como você — discordou o avô. — Eu não tenho mais idade para subir e descer aquelas ladeiras — falou, dirigindo-se para a escadaria do metrô.

DE VOLTA AO ZOOLÓGICO

Descemos na estação de São Cristovão. Fazia um calor danado. O professor, de terno e gravata, parecia não se importar com o sol de rachar. Para chegar até a entrada do Zoológico, tivemos de atravessar os jardins da Quinta da Boa Vista, antiga residência imperial.

Pessoas dormiam à sombra das árvores, algumas faziam piquenique, outras namoravam deitadas na grama, e marmanjões, em plena terça-feira, jogavam futebol, enquanto um bando de garotos mergulhava nas águas sujas do lago.

A minha cara quase caiu no chão quando paramos em frente ao cercado dos macacos. A jaula do chimpanzé estava vazia!

— Como é que você explica isso, Rodrigo? — perguntou o professor.

— Acho que fomos enganados direitinho, vô — disse Fernando.

— Eu juro que ele estava aí no domingo — afirmei. — Por favor, acreditem em mim. É verdade!

Nisso, um guarda, redondo como um barril, suando em bicas, se aproximou.

— O que está acontecendo, gente boa? — indagou, com aquele jeitão de malandro carioca.

— Cadê o chimpanzé? — perguntei.

— Foi retirado hoje cedo — respondeu o gordão.

— Para onde é que foi levado? — perguntaram o professor e o neto, ao mesmo tempo.

— Não sei. Isso só com a direção — disse o guarda, dando de ombros.

— Vamos falar com o diretor — resolveu o professor Lourival. — Só saio daqui depois de resolver esse caso.

DESVENDANDO O MISTÉRIO

A secretária da administração do Zoológico, uma moça magra e pálida, estava cochilando, com a cabeça apoiada na escrivaninha, quando entramos pela sala adentro.

— Boa tarde — disse o professor, acordando-a. — Queríamos falar com o diretor.

— Ai, que susto! Os senhores têm hora marcada? — disfarçou, envergonhada por a termos pego em flagrante. — O chefe está viajando e o diretor substituto anda muito ocupado. Acho que não vai poder recebê-los.

— Diga que é o Lourival Sampaio — insistiu o professor, entregando-lhe um cartão de visita.

A secretária, com evidente má vontade, levantou-se e desapareceu pela porta envidraçada, onde havia uma plaqueta na qual se lia "Direção". Logo depois, retornou acompanhada por um senhor de rosto sorridente.

— Não acredito! — exclamou o homem, levantando os braços. — Que prazer em rever o meu estimado e venerado mestre.

O professor Sampaio, a princípio, pareceu não reconhecer a melosa figura.

— Você foi meu aluno? — perguntou, indeciso.

— Alcides da Silveira, mais conhecido como Silveirinha. Não se lembra? Da Faculdade Federal. Mas isso faz muitos anos. Façam o favor de entrar — convidou, abrindo a porta do gabinete.

Assim que nos acomodamos na apertada saleta, a secretária veio, toda solícita, servir água gelada e cafezinho.

— A que devo a honra de sua visita? — perguntou o risonho anfitrião.

— Bem — disse o professor, depois de tomar um gole da xícara —, o que aconteceu com o chimpanzé que foi retirado hoje cedo da jaula?

— Essa não! Vocês também? Não vão me dizer que são donos daquele bicho! — admirou-se.

— Por quê? — quis saber o professor.

— Porque essa manhã uma figura muito importante da nossa sociedade veio buscar o animal. O macaco, conforme alegou, havia fugido de sua propriedade — explicou. — Uma senhora encontrou o chimpanzé vagando pela Estrada das Paineiras e resolveu entregá-lo aos nossos cuidados...

— Posso saber quem é esse figurão?

— Doutor Nestor Andrada — disse o diretor substituto, com um tom respeitoso.

— Doutor coisa nenhuma! — explodiu o professor, levantando a voz inesperadamente. — É um dos chefões do jogo do bicho. Em qualquer outro país ele estaria atrás das grades!

— Mas o doutor Nestor é formado em Direito — tentou consertar o espantado Alcides da Silveira.

— No Brasil, infelizmente, qualquer um tem diploma de advogado — continuou o irado cientista. — Deve ter comprado o diploma numa dessas faculdades fajutas que só funcionam nos fins de semana.

— Desculpem, mas não estou entendendo nada — disse Silveirinha, procurando ocultar o nervosismo. — Por que tanto interesse nesse chimpanzé? Pelo que sei, é um animal bem velho, sem nenhuma característica especial.

— Esse tal de Nestor Andrada tem licença para criar chimpanzés? — questionou Fernando, entrando na conversa.

— O senhor não sabe que é proibido manter animais selvagens em cativeiro particular? — disparou o professor, não dando tréguas ao aturdido ex-aluno.

O homem, mais perdido do que cego em tiroteio, não sabia o que responder.

— O doutor Nestor Andrada tem um minizoológico em casa. Segundo ele, para diversão dos netinhos. Sabe como é que é... Coisa de gente rica — desconversou.

Eu estava vendo a hora em que o professor Lourival ia acabar passando mal. As veias do enrugado pescoço estufavam de raiva a cada resposta atrapalhada de Alcides da Silveira.

— Ficou milionário à custa da contravenção — atacou o professor novamente. — Esses banqueiros do bicho gostam de posar como cidadãos do bem, acima de qualquer suspeita. Graças ao dinheiro ganho com o jogo ilegal, compram e subornam meio mundo — acusou. — Aqui no Rio controlam a polícia, políticos e altas autoridades. Usam as escolas de samba e até os times de futebol como fachadas para continuar com seus negócios escusos. Precisávamos de mais juízas como aquela que condenou meia dúzia de chefões dessa verdadeira máfia. Só que, lamentavelmente, já estão todos soltos...

— Não quero entrar no mérito dessa questão — esquivou-se o diretor substituto.

— Nem eu. Passe bem — replicou o velho cientista, levantando-se. — Vamos — chamou, encerrando a reunião rispidamente.

SEGUINDO A PISTA

O professor Lourival permaneceu calado e pensativo até entrarmos no vagão do metrô. Só depois que sentamos foi que falou:

— Esse assistente de meia-tigela deve ter sido subornado. O Jardim Zoológico do Rio de Janeiro é uma instituição séria e respeitada. Tenho certeza de que a direção não está a par do que está acontecendo — disse com convicção. — Quando o diretor voltar das férias, vou ter uma conversinha pessoal com ele sobre o que o Silveirinha aprontou durante a sua ausência.

O professor olhou para os lados e continuou:

— Estamos na pista certa, rapazes — revelou com um sorriso de satisfação.

— O que o senhor descobriu, vô? — perguntou Fernando, meio distraído pela cruzada de pernas que uma morenaça deu no banco em frente ao nosso.

— Primeiro — começou —, o chimpanzé foi achado perto das Paineiras.

— E daí? — questionou Fernando outra vez, sem despregar os olhos da garota.

— Quer dizer — pigarreou o professor —, nas imediações do Cristo Redentor. O gigante de pedra de braços abertos, de acordo com a descrição feita pelo animal ao Rodrigo.

— Pode ser pura coincidência — duvidou o neto.
— Pode, mas não é — rebateu. — Segundo, em cima da mesa do diretor havia um cartão daquele bicheiro com nome e endereço completo. O vigarista mora numa daquelas mansões no Cosme Velho, próximo ao Corcovado.
— A casa grande cheia de gente ruim — deduzi.
— Certíssimo, Rodrigo. Rua Cosme Velho, 1.111. Foi de lá que o chimpanzé fugiu — deduziu o velhinho, dando uma de detetive.
— Vamos denunciar o Nestor Andrada a uma dessas Sociedades Protetoras de Animais — sugeriu Fernando.
— Isso, em geral, não adianta nada — contrapôs o professor. — Basta ele assinar um cheque doando uma quantia qualquer e quase todos calam a boca na mesma hora.
— Então, temos de pensar numa nova estratégia — disse Fernando, com ar de decepção ao ver a morena saltar na estação Uruguaiana sem lhe dar a mínima atenção.
— Sim — concordou o avô. — Mas antes temos de descobrir por que esse bicheiro tem um chimpanzé que sabe se comunicar através de sinais. Haverá outros em cativeiro? E a questão principal: para que estão sendo treinados?
— Será que ele tem um laboratório clandestino? — perguntei, intrigado.
— É possível. Tudo é provável quando se trata dessa gente. E o que devem estar planejando não pode

ser nada bom — suspeitou o professor. — Bem, tenho de ir ao banco. Vejo vocês amanhã no colégio — despediu-se, descendo na estação do Largo da Carioca.

O mestre, com uma agilidade impressionante para a idade dele, sumiu no meio do burburinho e no empurra-empurra dos apressados passageiros.

— Você tem alguma coisa para fazer agora? — perguntou Fernando.

— Não — respondi. — São três horas, e meus pais só chegam do trabalho depois das sete.

— Onde é que eles trabalham?

— Os dois têm um pequeno restaurante natural em Botafogo.

— É mesmo? Eu sou macrobiótico — revelou Fernando, todo contente.

— Já estava desconfiado — falei, olhando para a magreza dele. — Mas a lojinha é pura jogada comercial. Lá em casa nós comemos de tudo.

— Que pena. Carne faz um mal danado — comentou, desapontado. — Tive uma ideia — prosseguiu, mudando de assunto. — Que tal saltar no Largo do Machado e pegar um ônibus até o Cosme Velho? Quero dar uma olhada na casa desse Nestor Andrada. Topa?

— Topo — concordei.

Na Mansão dos Mafiosos

O ônibus deixou a gente bem em frente à entrada da estação do Corcovado. Grupos de turistas estrangeiros e nacionais, de máquinas a tiracolo, se amontoavam no portão da bilheteria, aguardando a vez de entrar no trenzinho que os levaria aos pés da estátua do Cristo Redentor.

— Olhe, ali está a casa — disse Fernando, mostrando uma enorme mansão que ocupava quase uma esquina nas imediações do acesso ao túnel Rebouças.

— Parece uma fortaleza! — exclamei, observando os muros altos.

— Igualzinha — concordou Fernando. — E ainda por cima cheia de guaritas com vigias armados. Não vai ser fácil entrar lá — lastimou-se. — Mas, se nós dois subirmos por entre as árvores — falou, apontando para o mato que se esparramava pela encosta, do outro lado da pista que dava para o túnel —, talvez possamos dar uma espiada.

Fernando era mais louco do que eu pensava. Atravessamos a pista, nos esquivando dos carros que passavam em disparada, até a mureta de contenção no lado oposto. Ele pulou o muro e depois me ajudou a subir, puxando-me pelas mãos.

— Adoro caminhar no mato — disse, enfiando-se no arvoredo.

Fomos praticamente rastejando até a beira da rua. Dali de cima, camuflados pelos arbustos, dava para ver nitidamente o interior da mansão.

— Puxa, olha o tamanho da piscina. Que luxo, hein? — comentei.

— No Brasil é assim. Tudo desigual. De que adiantou eu me formar em Biologia? Estou desempregado e tenho de vender artesanato na praia de Ipanema para sobreviver — protestou Fernando.

— Não sabia que você já era formado.

— Parece que não tem ninguém — desconversou o ecologista, tirando um pequeno binóculo da bolsa. — Eu uso isso para observar pássaros em extinção — explicou, ajustando o foco.

— Está vendo alguma coisa? — perguntei.

— Garagens, galpões, circuito interno de televisão, antena parabólica, canil, jardim, *playground*, salão de jogos, sauna, bar, churrasqueira, quadra de tênis... — ia descrevendo à medida que vasculhava o palacete através das lentes de alcance. — Nenhuma jaula com animais à vista. A não ser que estejam na parte de trás da casa.

— Deixe eu dar uma olhada — pedi.

— Espere! Estão abrindo um dos galpões.

Mesmo sem o binóculo eu conseguia perceber alguns homens empurrando dois engradados de madeira para o centro do pátio.

— Filhotes de chimpanzés! Devem ser uns vinte — avisou Fernando, passando-me o binóculo.

Era verdade. Dentro das apertadas jaulas, as pequenas criaturas se mexiam nervosamente de um lado para outro, atordoadas pela luz do sol. Um senhor de terno branco dava ordens enérgicas aos empregados e, volta e meia, consultava o relógio de ouro que trazia pendurado numa correntinha dourada.

— Estão transferindo os chimpanzés para uma das garagens — informei.

Nisso, uma jovem com cara de índia foi trazida até a presença do chefão. A moça e o homem conversaram durante um instante e logo se retiraram para o interior da casa, seguidos de perto pelos empregados.

— Joana, a mulher de cabelos compridos! — deduzi, em voz alta.

— Quem? — perguntou Fernando, tomando o binóculo de volta.

— A instrutora descrita pelo chimpanzé — expliquei. — Ela acabou de entrar acompanhada daquele sujeito com pinta de mafioso.

— Era o Nestor Andrada — disse Fernando.

— Como é que você sabe?

— Já cansei de ver a foto dele nos jornais. Além disso, eu estava no Maracanã quando esse bicheiro invadiu o gramado para agredir o juiz que ele achava estar prejudicando o time dele.

De repente, um caminhão parou e buzinou bem em frente à majestosa entrada da mansão. Na carroceria fechada estava escrito em letras vermelhas e garrafais: "Aziz Abzalão e Irmãos, a loja mais barata do Brasil".

— Agora a gangue está toda reunida — avisou Fernando. — Esse Aziz Abzalão desfila sempre no Carnaval à frente da escola de samba comandada por ele. Igualzinho ao outro. Depois vão tomar uísque importado nos camarotes do Sambódromo, rodeados de artistas, políticos e autoridades. Uma nojeira — desabafou, indignado.

— É mesmo. O professor Lourival tem toda razão de ficar zangado — concordei.

Do alto da guarita, um dos vigias, com um simples toque de botão, acionou o controle remoto que abria o pesado portão eletrônico e pediu ao motorista para dar marcha a ré. Manobrar um caminhão daquele tamanho numa rua movimentada não era fácil.

Um dos ajudantes saltou da boleia e assumiu o papel de guarda de trânsito, tentando fazer os carros pararem, o que causou um tremendo engarrafamento. O enorme veículo, a muito custo, recuou lentamente até encostar o para-choque traseiro bem embaixo do lugar onde estávamos. Depois, ficou parado esperando que se abrisse uma nova brecha no confuso tráfego.

— A lona da carroceria está presa só com um trinco — notou Fernando. — Venha, essa é a nossa única oportunidade de entrar na casa — comandou, empurrando-me para baixo.

Antes que eu tivesse tempo de dizer que aquilo era uma loucura, Fernando destrancou o ferrolho e, em seguida, arrastou-me para o interior escuro do caminhão.

— Fique quieto — sussurrou, colocando o dedo nos lábios. — Vamos nos esconder atrás daquelas lonas — disse, mostrando os grossos tecidos amontoados no fundo da carroceria.

— Você é doido! — consegui dizer, afinal.

— Só um pouquinho — respondeu, num tom gaiato. — Quero ver se consigo tirar uma foto. Depois a gente se manda.

— Como? A casa está cheia de guardas armados!

— Da mesma maneira que vamos entrar — explicou Fernando, sem perder a calma. — Devem ter vindo pegar os chimpanzés. Vamos permanecer aqui, ocultos. Quando saírem para a rua, a gente salta sem que percebam. Entendeu?

Nem deu para responder. O caminhão pôs-se em movimento, cruzando a rua vagarosamente. Dessa vez, eu estava frito!

A RATOEIRA VOADORA

Tão logo o pesado veículo estacionou, as portas foram escancaradas com violência, em meio a uma confusão de vozes desencontradas:

— Quem foi o idiota que deixou a lona aberta? — esbravejou alguém.

— Deve ter desprendido com um solavanco — respondeu outro.

— Vamos depressa — ordenou um homem com forte sotaque espanhol. — Já estamos mais do que atrasados.

— Não aguento mais esse cheiro de macacos! — reclamou um outro.

Um forte odor invadiu o compartimento quando o primeiro caixote foi colocado dentro do caminhão, quase nos imprensando contra a lataria da cabine.

— Assim não consigo ver nada — murmurou Fernando, espremendo o corpo para o lado.

Na bolsa do aloprado ecologista havia de tudo, inclusive uma minimáquina fotográfica, que ele tentava manejar sem sucesso no apertado espaço.

Com um estrondo, depositaram o segundo caixote, não dando chance ao Fernando de tirar sequer uma foto.

— Fechem bem a lona! — mandou o de pronúncia espanhola. — Não se esqueçam de passar o cadeado e tapar os letreiros.

— Estamos ferrados — reconheceu Fernando ao nos ver trancafiados.

— E agora? — respondi, morrendo de medo.

— Temos de manter a cabeça fria. Eles vão ter de parar em algum lugar. Pelo menos não nos descobriram — disse meu parceiro, tentando me acalmar.

Sorte que a lona que cobria a carroceria estava solta em uma das laterais para ventilar o ambiente, mas, mesmo assim, era como se estivéssemos numa sauna. O suor escorria pelo meu pescoço, enquanto o caminhão sacolejava em alta velocidade.

— Engraçado como os bichos estão quietos — observei, espantado com a imobilidade e o silêncio dos pequenos chimpanzés.

— Devem estar sedados — opinou Fernando.

— Ajude-me aqui — pediu, colocando o pé na armação de um dos estrados e levantando o corpo de modo que pudesse enxergar através da abertura de ventilação.

— Onde estamos? — perguntei.

— Na Avenida Brasil... Agora vamos entrar na Linha Vermelha — avisou, enquanto ia transmitindo o itinerário como se fosse um locutor de rádio.

— Pra onde será que estão nos levando? — tornei a perguntar.

— Não tenho a menor ideia. Espero que não seja pra uma dessas favelas que ladeiam a via expressa, dominadas pela violência e pelo tráfico de drogas. Oh, não! — exclamou Fernando. — Estamos indo em direção ao Aeroporto Internacional.

Logo depois, o caminhão fez uma curva fechada, cantando os pneus, e estacionou rangendo os freios bruscamente.

— Paramos no setor de cargas — informou Fernando. — Um soldado veio abrir o portão.

— Estamos salvos — suspirei, aliviado. — Vamos pedir socorro.

— Nada disso — discordou o ecologista. — Esses milicos devem pertencer ao esquema também. Tem um baita avião de transporte, com os motores ligados, aguardando na pista.

— Será que vão nos levar com caminhão e tudo? — indaguei, tremendo nas bases.

— Acho que você acertou.

Com o coração apertado, senti que subíamos uma rampa rumo ao porão da aeronave. As enormes portas de aço foram cerradas hermeticamente, deixando-nos na maior penumbra. Estávamos presos como ratos numa ratoeira!

O ronco das turbinas aumentou de intensidade, sinal de que iríamos decolar em breve. Nunca pensei que uma simples visita ao Zoológico fosse me colocar numa situação daquelas.

RUMO AO DESCONHECIDO

Fazia um frio de gelar dentro da masmorra voadora. Por sorte, tínhamos as pesadas lonas para nos enrolar. A sensação de estarmos sendo levados para um lugar desconhecido fez com que permanecêssemos quietos e não trocássemos nenhuma palavra durante o interminável voo. As horas passavam lentamente, e nada de o avião parar.

Por minha cabeça passavam as ideias mais malucas sobre o nosso provável destino. Pensava na angústia de meus pais, no rebuliço no colégio, na preocupação do professor Lourival... Tudo isso, justamente, numa época em que eu estava tentando superar uma crise de insegurança e ansiedade e começando a sair sozinho pelas ruas...

— Estamos descendo — disse Fernando, quebrando o silêncio.

O avião inclinou-se levemente para o lado esquerdo, dando início à manobra rumo ao solo. Um baque surdo liberou o trem de aterrissagem, enquanto os motores roncavam, sacudindo a frágil estrutura metálica.

O pouso é que não foi nada suave. As rodas pularam e tremeram sobre uma pista irregular, provavelmente de terra batida, estremecendo tudo ao nosso redor.

Minutos depois, um raio de luz invadiu o escuro porão. Alguém entrou no caminhão e deu a partida, descendo a rampa lentamente.

— Segure minhas pernas — pediu Fernando assim que o veículo parou, tornando a subir num dos engradados.

— Onde estamos? — perguntei, ansioso.

— Numa clareira no meio do mato. A pista é de barro vermelho, toda esburacada. Deve ser um aeroporto clandestino.

— O que mais?

— Um jipe com homens armados. Uma camionete, onde estão colocando algumas malas e caixas. E agora estão trazendo a tal instrutora. A garota deve ter vindo neste avião também.

A voz da moça discutindo asperamente com os guardas chegou aos meus ouvidos:

— Quero ver como estão os chimpanzés — exigiu ela, em espanhol.

— Negativo. Espere até chegarmos à fazenda — respondeu um homem.

— Vocês são uns estúpidos. Se metade deles chegarem vivos, será muita sorte — protestou a jovem.

— Não serão os primeiros, benzinho. Pode deixar que o patrão compra outros pra você — debochou o mesmo homem.

Em seguida não deu para escutar mais nada. O caminhão começou a andar, avançando aos trancos e barrancos por uma péssima estrada.

— Estamos seguindo os outros carros — avisou Fernando, que não desgrudava do seu ponto de observação.

— Você tem ideia de onde estamos?

— Não sei. Pela paisagem, não dá pra identificar nada. É puro mato. Acho que estamos em algum buraco da fronteira.

— Ou então fora do Brasil — opinei. — Você não percebeu que eles falam espanhol?

— Pode ser — respondeu o ecologista, com o jeito desligado de sempre. — Já está anoitecendo. Calculo que voamos umas quatro ou cinco horas. Tempo suficiente para chegar aos limites do Paraguai, Peru, Bolívia, sei lá.

Rodamos durante um bom tempo, engolindo a poeira fina que se infiltrava pelas frestas da carroceria, cobrindo-nos de pó vermelho dos pés à cabeça. Os filhotes de chimpanzés, coitados, continuavam quietos e deitados, a maioria respirando com grande dificuldade.

— Chegamos — anunciou Fernando. — Parece que entramos numa fazenda.

PRISIONEIROS

Assim que paramos, a lona da parte traseira foi aberta e homens apressados começaram a retirar as jaulas. As luzes de um potente holofote varriam a escuridão, ao passo que um bando de cachorros latia sem parar.

— O que há com esses cães? — gritou alguém.

— Devem ter farejado alguma coisa estranha dentro do caminhão — opinou outro.

Em segundos, o interior da carroceria foi vasculhado por fachos de lanternas.

— Não atirem — pediu Fernando, levantando-se com as mãos para o alto.

Eu também, que não sou bobo, fiz o mesmo, imitando o gesto de rendição do ecologista. Antes que pudéssemos dar qualquer explicação, fomos agarrados e arrastados aos pescoções para fora do caminhão. Um grupo de homens mal-encarados ria e zombava de nós, enquanto permanecíamos estirados no chão sob a mira de armas pesadas.

— Pegamos dois franguinhos — caçoou um grandalhão.

— Esse aqui parece uma boneca — disse outro, desdentado, puxando com força o rabo de cavalo de Fernando, fazendo os outros caírem na maior gargalhada.

As risadas e a gozação só cessaram com a chegada de um senhor muito alto, de barbicha e cabelos aloirados. Os homens, ao vê-lo, abriram a roda feita ao nosso redor na mesma hora.

— O que está acontecendo? — perguntou o barbichinha, numa voz fina e estridente.

— Pegamos dois clandestinos, patrão — disse o grandão, apontando para mim e para Fernando.

O recém-chegado arregalou os olhos gélidos como se não estivesse acreditando no que via.

— Levem-nos ao meu escritório — ordenou, retirando-se em meio ao silêncio respeitoso dos empregados.

Os capangas nos revistaram antes de amarrar nossas mãos para trás. Em seguida, foram nos cutucando com o cano das espingardas em direção à sede principal da fazenda, um típico casarão colonial. Ao redor, espalhavam-se vários barracões cobertos de zinco, vigiados por guardas armados até os dentes.

O DOUTOR NIKOLAUS KINSKY

— Boa noite, rapazes. Sou o doutor Nikolaus Kinsky. Bem-vindos ao nosso Centro de Pesquisas — disse o barbudo, sentado confortavelmente numa poltrona, detrás de uma grande mesa de madeira, em seu luxuoso gabinete todo revestido de couro.

— Boa noite — respondemos, ainda amarrados, escoltados por quatro capangas.

— Quem são vocês? De onde vieram? O que estão fazendo aqui? — perguntou rapidamente.

— Somos ecologistas — respondeu Fernando. — O nosso interesse é somente pelos chimpanzés e mais nada.

— Não mintam para mim! — gritou o doutor, dando um soco na mesa. — Vocês não sabem a encrenca em que se meteram. Então, você se chama Fernando Sampaio, 23 anos, natural do Rio de Janeiro — continuou ele, examinando os documentos retirados da bolsa do ecologista. — E o garotão, Rodrigo, não é? — ironizou, exibindo a minha carteirinha de estudante.

— Sim — balbuciei, procurando manter-me calado o mais que pudesse.

O doutor, pelo jeito, não estava acreditando nem um pouco em nossas desculpas esfarrapadas.

Alongando o *r* final num português quase perfeito, ele bronqueou:

— Não pensem que podem me enganar. Detesto ecologistas metidos a espertos. Vou consultar o meu pessoal no Rio de Janeiro para saber como vocês conseguiram burlar a vigilância dos guardas. Alguém vai pagar muito caro por isso — bufou, cheio de raiva.

— Amanhã voltaremos a conversar. Pode levá-los, Alonso — ordenou ao chefe dos capangas, um gigante com físico de halterofilista.

JOANA

Os brutamontes nos levaram para um barracão com janelas gradeadas, atrás do pátio central. No interior, havia duas minúsculas celas envidraçadas de cima a baixo, uma de frente para a outra. Numa delas, sentada e tristonha, a moça com traços de índia, Joana.

Um dos guardas soltou nossas mãos e, com um empurrão, nos jogou no cubículo vazio. O outro saiu e voltou logo depois com água e comida. Fazia horas que não comíamos nem bebíamos nada. Agachados no chão, tomamos a sopa aguada de milho e batata, observados com curiosidade e desconfiança pela tímida garota.

Joana estava a poucos metros de nós, mas os grossos vidros impediam qualquer tipo de conversa.

Depois que os guardas saíram, trancando a porta de ferro, Fernando disse para mim:

— Os vidros são à prova de som. Tente usar sinais pra falar com a garota.

Seguindo o conselho do ecologista, levantei-me, tentando despertar a atenção da companheira de prisão. Assim que ela me olhou, comecei a perguntar usando a linguagem dos surdos-mudos:

— Você fala português?

— Sim.

— Meu nome é Rodrigo. Eu e meu amigo Fernando entramos escondidos no caminhão lá no Rio de Janeiro. Fomos presos e trazidos para cá. Onde estamos?

Joana, que era muito bonita, levou um susto ao perceber que eu sabia me comunicar através de sinais.

— Eu vi quando os guardas pegaram vocês — respondeu. — Vocês são loucos em virem para este lugar.

— Onde estamos? — insisti, ao mesmo tempo que ia traduzindo o nosso diálogo para Fernando.

— Numa fazenda usada como fachada para um laboratório clandestino de pesquisa e refinamento de cocaína.

Nisso, Fernando bateu no meu ombro e pediu para eu perguntar em qual país nós havíamos descido.

— Na Bolívia — respondeu prontamente Joana. — Perto da cidade de Santa Cruz de La Sierra. Nasci nessa região há vinte e dois anos. Sou filha de boliviano com brasileira.

— E os chimpanzés? O que fazem com eles? De onde vêm? — questionei, querendo tirar tudo a limpo.

— Servem como cobaias e alguns estão sendo treinados para transportar drogas através da fronteira. Os macacos são contrabandeados da África — esclareceu a amargurada prisioneira.

Aí, me lembrei do barbichinha, e perguntei:

— Quem é esse doutor Nikolaus?

— Uma mistura de cientista com domador de animais, responsável pelas experiências com os chimpanzés. Nasceu na Polônia, mas naturalizou-se boliviano para fugir da justiça do seu país de origem.

— Quem é o dono da fazenda? — continuei.

— Jadir Batalha. Um conhecido deputado federal brasileiro, que já foi até senador. Ele é o elo entre os traficantes bolivianos e os banqueiros do jogo do bicho no Rio de Janeiro.

Fernando, sem conter a impaciência, intrometeu-se no meio do assunto:

— Por que ela está presa?

— Por castigo — esclareceu Joana, assim que traduzi o pedido do ecologista. — Sou instrutora dos chimpanzés, e um deles, o mais inteligente, fugiu quando estávamos fazendo uma exibição na casa de Nestor Andrada.

— Eu conversei por meio de sinais com esse bicho, lá no Zoológico. Onde ele está agora?

— Foi morto — revelou a garota, pondo-se a chorar. — Era meu chimpanzé preferido.

Joana enxugou as lágrimas que escorriam pelo rosto moreno emoldurado pelos longos cabelos negros e retomou o diálogo, aflita:

— Daqui a pouco vão cortar a iluminação — avisou, olhando para o relógio de pulso. — Última coisa — aconselhou. — O doutor não pode saber que você domina a linguagem dos sinais. Boa noite.

De repente, as luzes foram apagadas, como se tivéssemos penetrado subitamente num longo e tenebroso túnel sem saída.

UM CONVITE MUITO ESTRANHO

A cela de Joana estava vazia quando acordamos. Logo depois, um guarda carrancudo, de cabelos negros e escorridos, veio trazer pão e duas canecas de leite.

— Comam rápido. O chefe quer falar com vocês — disse ele, num português arrevesado, enquanto palitava os dentes manchados de nicotina.

— Como é o seu nome? — perguntou Fernando, cheio de intimidade, tentando fazer amizade com o bandido.

— Daniel — respondeu o sujeito secamente, por entre os lábios sombreados por um espesso bigode.

Ao sermos conduzidos de volta à sede principal, deu para notar, em plena luz do dia, como a fazenda era enorme. Empregados com cara de índio varriam o amplo pátio em frente ao casarão. Outros, parecendo formigas, passavam em fila indiana carregando pesados fardos de folhas verdes em direção aos armazéns trancados com grossos cadeados. Ao fundo, extensas plantações perdiam-se de vista até a linha do horizonte.

— Folhas de coca — sussurrou Fernando, apontando para a longa fileira de carregadores.

— Cale a boca! — gritou Daniel, dando-lhe um cutucão com a coronha da espingarda.

O doutor Nikolaus Kinsky parecia estar de bom humor ao nos receber no seu elegante gabinete:

— Bom dia — falou, numa voz ligeiramente esganiçada. — Dormiram bem? Acabei de receber um telefonema do Rio de Janeiro. Vocês foram o grande destaque nos noticiários da televisão ontem à noite. Um velho conhecido de vocês, professor Lourival, botou a boca no trombone, acusando todo mundo a torto e a direito. Seus pais também deram entrevistas, Rodrigo — informou, olhando para mim.

— E a minha família? — quis saber Fernando.

— Infelizmente, as ligações telefônicas aqui na Bolívia são um horror — reclamou o barbudinho. — Acredito que os jornais irão falar sobre vocês ainda durante alguns dias. Depois os fatos naturalmente cairão no esquecimento. Não existe nenhuma prova concreta...

— E, como sempre, tudo vai acabar dando em nada, não é? — interrompeu Fernando. — O que vai fazer conosco?

O doutor, antes de responder, coçou lentamente a barba, que de perto dava para ver que era pintada de loiro para disfarçar os fios grisalhos:

— Ainda não sei. A ordem é liquidá-los imediatamente! — revelou, mudando o tom da voz. — Poderia jogá-los para os jacarés, como fiz com o motorista e os três ajudantes. Aqueles incapazes que não perceberam a presença de vocês no caminhão.

— Nossa! — exclamei, espantado com a extrema frieza do doutor, sem saber se ele estava blefando ou não.

— Mas — continuou o coroa — o pessoal do Rio me deu carta branca para resolver o assunto. Talvez possa aproveitar o trabalho de Fernando. Estou precisando de um auxiliar. Fiquei sabendo que é biólogo. É verdade?

— Sim.

— Bom, você tem duas alternativas. Trabalhar para mim ou virar comida de jacaré. Qual delas escolhe? — perguntou, com ar ameaçador, finalizando o estranho convite.

Fernando nem pestanejou:

— Trabalhar para o senhor — respondeu o ecologista prontamente.

— Muito bem. Estamos combinados — disse o doutor, apertando-lhe a mão.

— E eu? — perguntei, não querendo ficar fora da jogada.

— Vamos ver se consigo alguma tarefa para você. Trabalho é o que não falta nesta fazenda. Venham, vou mostrar-lhes o nosso Centro de Pesquisas. Outra coisa — avisou, ao sair: — não pensem em fugir. As cercas são eletrificadas e os guardas têm ordem para atirar primeiro e perguntar depois.

Acompanhados a curta distância pelo Alonso, que seguia o patrão como se fosse uma sombra gigantesca, passamos direto pelos armazéns onde os carregadores não paravam de chegar com enormes cargas de folhas de coca. Nosso destino era uma comprida construção de zinco, toda pintada de branco, longe da agitação, em volta da sede principal.

— Aqui é o meu laboratório — disse o doutor, abrindo uma pesada porta de aço.

NA CÂMARA DOS HORRORES

No interior do tétrico Centro de Pesquisas, ventiladores de teto giravam sem cessar, tentando arejar o abafado ambiente. No primeiro compartimento havia pequenas gaiolas com ratos brancos, coelhos e preás. No segundo, após cruzar um estreito corredor fracamente iluminado, nos deparamos com fileiras e mais fileiras de jaulas empilhadas umas em cima das outras, como num galinheiro, só que repletas de chimpanzés. Numa mesa de mármore jazia o corpo recém-retalhado de um dos infelizes animais.

O fedor era tanto que tive de tapar o nariz com a mão. O cheiro de suor misturado com o odor das fezes dos macacos tornava o ar sufocante.

— Coloquem isso — aconselhou o doutor, entregando-nos máscaras de borracha.

O pior foi na ala seguinte, onde chimpanzés contaminados com algum tipo de doença infecciosa mal podiam se mexer, confinados em minúsculas caixas de metal, de onde só podiam olhar para fora através de uma janelinha de vidro. No tampo de cada caixote estava escrito o nome do germe injetado no pobre animal: hepatite, tuberculose, tifo, tétano...

— O que o senhor faz com eles? — perguntou Fernando, assustado com aquele cenário sombrio.

53

— Como podem ver — respondeu o doutor, mostrando as tabuletas penduradas nas jaulas —, efetuamos todos os tipos de experiências. Mas tudo em nome da ciência — acrescentou, com um sorriso irônico.

— Que tipo de experiências? — perguntou Fernando novamente.

— Inoculo doenças, testo vacinas e depois analiso o sangue ou faço autópsias para saber como o organismo dos chimpanzés reage aos diversos modos de tratamento.

Minha vontade era gritar o mais alto que eu pudesse contra toda aquela crueldade. Mas tive de engolir a minha revolta em seco.

— Isso é desumano — protestou Fernando, não contendo a indignação.

— Deixe de ser bobo — advertiu o doutor. — No mundo inteiro é a mesma coisa. Se não fossem os animais usados como cobaia, não teríamos descoberto nem a metade das curas de determinadas doenças.

— É verdade — concordou Fernando —, porém, os animais, principalmente os chimpanzés, deveriam ser tratados com mais humanidade. É um absurdo ficarem encerrados nessas jaulas minúsculas.

— Isso é conversa de ecologistas sentimentais como você — esbravejou o barbicha.

Fernando, sem perder a esportiva, argumentou:

— Mas por que as jaulas são tão pequenas?

— Primeiro, porque ocupam menos espaço e são mais econômicas também — respondeu o doutor, num tom didático. — Segundo, facilitam os *check-ups* rotineiros, como dar injeções, colher amostras de sangue, fezes e urina, fazer eletrocardiograma, pesagens, medidas...

— Eu li que os chimpanzés têm emoções semelhantes às nossas. Que são animais supersensíveis e por isso sofrem terrivelmente no cativeiro — cortou Fernando.

O doutor fixou seus olhos frios bem dentro dos dele e respondeu cruamente:

— Eles também mordem e jogam cocô na cara da gente, sabia? E agora chega! Não quero ouvir falar mais nesse assunto. Aqui quem manda sou eu, entenderam?

— Sim — respondemos numa só voz.

Após a bronca, o doutor nos levou para uma saleta isolada, onde ficava um minilaboratório, num ambiente limpo e esterilizado como a sala de operação de um hospital.

— Quero que Fernando me ajude a analisar o sangue coletado dos chimpanzés. Rodrigo — disse, apontando o dedo pra mim —, pode lavar as provetas ou coisas assim — resumiu, mostrando os frascos espalhados em cima de um armário de metal.

— Quando começamos? — perguntou Fernando.

— Hoje mesmo — decidiu o doutor, calçando uma luva antes de pegar um tubo de ensaio contendo um líquido espesso e vermelho. Faça uma análise para mim. Quero ver se você é realmente um bom profissional. Alonso fica aqui vigiando vocês — despediu-se, fechando a porta com uma risadinha sinistra.

NOVAS REVELAÇÕES

Ao meio-dia em ponto, Alonso levantou o corpanzil da cadeira onde passara a manhã limpando as unhas com um canivete e avisou que estava na hora de almoçar.

O refeitório ficava num galpão ao lado da casa principal. O doutor Nikolaus nos aguardava sentado à cabeceira de uma longa mesa de tábuas ladeada por bancos rústicos de madeira. À direita dele, a nossa amiga Joana.

— Vocês devem ter se visto ontem à noite, não foi? — lembrou ele, apresentando a moça. — Essa é Joana, a instrutora dos chimpanzés.

Nesse instante, duas mulheres gordas e de tranças, vestidas com roupas típicas, saias amplas e coloridas arrastando pelo chão, vieram servir a comida.

"Vai ser dose aguentar aquela sopa de milho com batatas todos os dias", pensei ao ver o conteúdo do fumegante panelão.

— Vocês sabiam que os chimpanzés são capazes, entre outras façanhas, de aprender a se comunicar através de gestos? — perguntou o nosso anfitrião.

— Não — respondi quase engasgando, torcendo para ele não descobrir a verdade.
Bastou eu abrir a boca, e pronto:
— Por que você quase não fala? — questionou o doutor à queima-roupa.
— Sou ga...gago — menti.
— O que é que Joana ensina aos chimpanzés? — disfarçou Fernando providencialmente, tentando aliviar a minha barra.
A moça olhou primeiro para o patrão, como se estivesse pedindo permissão para responder:
— Aplico testes de inteligência. E aos mais habilidosos procuro explicar a linguagem dos surdos-mudos.
— Eu também gosto de lhes ensinar alguns truques — acrescentou o doutor.
— Quais? — indagou Fernando, sem dar tréguas a ninguém.
— Isso é segredo. Você já está querendo saber demais, meu rapaz — desconversou o coroa, voltando a se debruçar sobre o prato.
— Você sabe andar de moto? — perguntou Joana a Fernando.
— Sim. Por quê?
— Nada. Simples curiosidade. É que nós tínhamos um chimpanzé que estava aprendendo a pilotar, mas a motocicleta do doutor é muito pesada. Talvez você pudesse me ajudar — insinuou ela, com um olhar bem inocente.
O doutor limpou os pedacinhos de milho que escorriam pelos fios da barba tingida. Em seguida,

olhando sério e desconfiado para Joana, rebateu friamente:

— O rapaz não tem tempo para isso, minha querida.

— Eu sei — falou a moça. — Mas, depois que o senhor quebrou a perna, a moto ficou encostada e tivemos de parar com as aulas de motociclismo. Por favor, doutor, pelo menos uma vezinha só — pediu, numa voz doce e suave. — Quero ver se aquele chimpanzé novo tem jeito ou não.

— Vou pensar no assunto — retrucou o doutor, levantando-se. — Agora, podem voltar ao trabalho — encerrou, chamando os guardas, que permaneciam de sentinela à entrada do refeitório.

PLANEJANDO A FUGA

Passamos o resto da tarde encerrados no laboratório, sempre sob a vigilância implacável do grandalhão Alonso. Até que eu não tive muita coisa para fazer, a não ser lavar alguns tubos e frascos, mas Fernando deu um duro danado examinando uma infinidade de lâminas debruçado sobre um microscópio.

Às dezoito horas fomos levados de novo para a mesma cela. Minutos depois chegava Joana.

Como na noite anterior, tivemos de esperar os guardas saírem para conversarmos, sempre através de gestos, em paz.

— Hoje é o último dia que passo aqui — informou ela. — Amanhã acaba o castigo e volto a dormir no alojamento na ala das empregadas. Por isso, não podemos perder tempo. Temos de fugir antes que o Nikolaus descubra que você sabe a linguagem dos surdos-mudos.

— No que está pensando? — perguntei, surpreso com a atitude dela.

— Em escapar o mais rápido possível. Não se enganem com o doutor. É um homem sádico e cruel. Só está adiando a hora de liquidá-los. O que fará mais cedo ou mais tarde — assegurou.

— Qual é o seu plano? — questionei, atrapalhado com as perguntas e as respostas que tinha de traduzir simultaneamente para Fernando, que não desgrudava de mim nem um instante.

Joana, então, começou a expor o que havia planejado:

— Nikolaus, depois de muito custo, resolveu deixar seu amigo me ajudar com a motocicleta. Mas somente amanhã. Essa vai ser a única chance de sairmos vivos deste lugar.

— Como?

— Na motocicleta. Uma grandona de quinhentas cilindradas, já planejei tudo. Na minha sala tenho dois chimpanzés adestrados. Um deles irá esvaziar os pneus dos carros guardados na garagem. O outro cortará o fio do telefone e explodirá a cerca de arame eletrificada — explicou na maior naturalidade.

Por um momento fiquei sem saber o que dizer. Aquilo tudo me parecia uma tremenda maluquice. Fernando, então, pediu:

— Pergunte onde ela vai conseguir os explosivos — disse ele, meio descrente também.

A resposta foi imediata:

— São bananas de dinamite. Eu as escondi há muito tempo, aguardando uma oportunidade para usá-las. Odeio esta fazenda. Cansei de ser escrava desse médico nazista — desabafou a garota.

Infelizmente, não deu para conversar mais. A luz apagou-se repentinamente, deixando-nos na mais completa escuridão.

— Você acha que Joana é maluca? — perguntei a Fernando, sentado ao meu lado, em meio ao maior breu.

— Não. Confio nela. Parece ser muito firme e corajosa.

— O que vamos fazer então?

— Não temos muitas opções. Quanto mais ficarmos aqui, pior para nós — refletiu meu companheiro de cela, demonstrando preocupação. — Agora é tudo ou nada. Boa noite, Rodrigo.

— Boa noite — sussurrei, me sentindo como um condenado às vésperas da execução.

ABRINDO CAMINHO

Acordei com o barulho dos guardas abrindo a porta da cela. Um deles colocou uma bandeja enferrujada no chão com o nosso café da manhã.

— Andem logo — apressou Daniel, penteando o bigodão com o auxílio das unhas compridas como as garras de uma ave de rapina.

Em passos ligeiros fomos encaminhados a um terreno vazio atrás do laboratório. Joana, Alonso, Daniel e o doutor nos esperavam em frente a um galpão fechado que servia como garagem e oficina mecânica, bem nos fundos da fazenda. Ao lado deles, uma motocicleta, daquelas antigonas, mas em perfeito estado de conservação.

— Prontos para a lição? — perguntou o doutor.

Joana adiantou-se, segurando dois chimpanzés pelas mãos. Ela continuava com os cabelos soltos e trocara a roupa velha e surrada que usara no cativeiro por calças *jeans*, uma blusa preta decotada e bolsa de couro. Estava uma graça.

— Dê uma demonstração primeiro — disse ela a Fernando.

O ecologista subiu na moto, deu duas pisadas no pedal de partida, acelerou a marcha com um giro no pulso e saiu roncando pelo pátio afora na maior desenvoltura. Depois, manobrou-a até perto da cerca eletrificada e fez uma meia-volta perfeita, regressando triunfantemente.

— Ótimo! — aplaudiu o doutor, batendo três palmas. — Você dirige muito bem. Pena que eu não possa ficar para ver o resto do treino. Tenho muito trabalho me aguardando no escritório. Mas Alonso ficará tomando conta de vocês — terminou, saindo escoltado pelo bigodudo Daniel.

Depois que o patrão e o capanga se retiraram, Joana colocou um dos chimpanzés sentado no colo de Fernando e pediu:

— Agora é a vez de Bongo. Dê algumas voltas para ele se acostumar.

Enquanto a moto se afastava lentamente, a moça colocou as mãos para trás, de modo que Alonso não pudesse perceber o que ela estava fazendo, e, com os dedos, me passou uma curta mensagem:

— Vou tentar tirar a arma do guarda. Fique atento.

Dito isso, ela foi gingando as cadeiras sensualmente em direção ao grandalhão, que se mantinha a uma pequena distância, com o corpo recostado na parede da garagem. Ao vê-la se aproximar, apoiou a espingarda no chão e ajeitou o cabelo, como um galã de telenovela.

Homem é bobo mesmo! O requebrado e o decote dela deixaram o guarda completamente estonteado. Assim que Joana chegou bem perto, ele tentou cochichar alguma coisa no ouvido dela, ao mesmo tempo que procurava passar os braços peludos em volta da cintura da garota.

Sem que ele esperasse, Joana, ágil como uma onça, deu um pulo para o lado e pegou a espingarda.

— Não se mexa! — ordenou, apontando o cano da arma para o peito do bandido. — Venha aqui depressa — disse ela para mim.

— Pronto — falei, arfando com a corrida que dei.

— Tire o cinto desse bobalhão e amarre as mãos dele.

Enquanto eu prendia o guarda, ela dava ordens ao outro chimpanzé. O bicho, depois de receber um tapinha nas costas, subiu pelas paredes da garagem, sumindo por uma portinhola.

— Ele foi esvaziar os pneus dos carros? — quis saber.

— Exatamente.

Nisso, Fernando, que tinha percebido a movimentação, veio voando ao nosso encontro.

— Em que posso ajudar? — perguntou, freando a moto.

— Por enquanto, em nada — disse Joana. — O Bongo é quem vai agir — falou, tirando um alicate do bolso da calça.

O chimpanzé, assim que ela lhe entregou a leve ferramenta, escalou o poste por ela indicado e, em segundos, cortou o fio telefônico com precisão.

— Eles não têm celulares? — perguntei.

— Nessa região, ainda não. Agora só falta um detalhe — respondeu ela, retirando uma banana de dinamite do fundo da bolsa a tiracolo.

Com uma frieza incrível, ela acendeu o pavio e entregou o explosivo ao Bongo. O chimpanzé, sem perder tempo, correu até perto da cerca, jogou a bomba e voltou chispando como uma bala.

Pouco depois a dinamite explodiu, arrebentando a cerca eletrificada em mil pedacinhos.

— Adeus — disse Joana, dando um abraço apertado nos dois chimpanzés. — Vocês fizeram um ótimo trabalho. Fujam — mandou, apontando para o mato além do arame estraçalhado.

— Temos de sair logo daqui — apressou Fernando, acelerando o motor da pesada motocicleta.

— Sim — concordou Joana, sentando-se na garupa. — Venha, Rodrigo.

Agarrei na cintura dela e, como loucos, saímos em disparada pelo rombo aberto na cerca.

DISFARÇADOS DE ÍNDIAS

A motocicleta foi rompendo caminho através de uma estrada de terra margeada por uma densa vegetação. Mais adiante, Joana pediu que parássemos em frente do primeiro casebre que avistamos à beira da deserta estrada.

— Esperem aqui — disse ela, saltando e correndo em direção à humilde casa.

Uma índia idosa, rodeada de crianças sujas e descalças, recebeu Joana de braços abertos, ao mesmo tempo que lhe entregava um grosso embrulho envolto em panos multicoloridos.

— Vamos — ordenou, tornando a subir na moto.

— O que é isso? — perguntei, indicando a trouxa.

— Roupas. Já estava tudo combinado. A mulher é minha amiga. Ela e o marido trabalham na fazenda. São gente de confiança — assegurou.

Meia hora depois, após muita poeira e solavancos, alcançamos uma pista razoavelmente pavimentada. À beira do asfalto começaram a surgir os primeiros cartazes com propagandas de cigarro e de bebidas. Logo à frente, uma tabuleta de metal, carcomida pela ferrugem, anunciava:

| BIENVENIDOS A SANTA CRUZ DE LA SIERRA.

— Pare — pediu Joana, batendo no ombro de Fernando, ao chegarmos perto da entrada da cidade.
— O que houve? — perguntei-lhe preocupado.
— Os bandidos devem estar vindo atrás de nós.
— Fique calmo — tranquilizou-me. — Vão demorar um bocado para encher os pneus dos carros. E, além disso, estão temporariamente sem telefone.

Fernando, que aproveitara a parada para limpar o rosto todo sujo de barro, reclamou:
— Ainda não entendi aonde você quer chegar.
— Ao Brasil. Mas a primeira providência é esconder a moto — disse ela. — Daqui em diante seguiremos a pé.
— Não vamos avisar a polícia? — perguntei, sem entender nada também.
— Nem pensar. Aqui todos obedecem aos narcotraficantes. Vamos tentar pegar um trem até a fronteira — explicou Joana.

Seguindo os conselhos dela, nos enfiamos no matagal situado ao lado da rodovia e jogamos a pesada moto por um barranco abaixo, de modo que ninguém pudesse encontrá-la tão cedo.

— Agora, vistam isto — ordenou Joana, desembrulhando a trouxa cheia de roupas femininas.
— Nem morto eu saio assim! — protestou Fernando.
— Nem eu — concordei, achando aquilo tudo uma palhaçada.
— Deixem de ser bobos — zangou ela, começando a tirar lentamente o apertado *jeans*.

Eu e Fernando quase tivemos um troço ao vê-la fazendo *striptease* bem na nossa cara.

— O que foi? Nunca viram uma mulher de calcinhas? — ralhou, vestindo uma daquelas saias rodadas que arrastavam pelo chão.

Sem se importar conosco, ela colocou uma blusa folgada e colorida sobre o corpo esguio. Em segundos, dividiu e amarrou o cabelo em duas tranças, arrematando o vestuário com um chapeuzinho-coco de feltro marrom.

— Você está uma autêntica índia boliviana. Linda! — elogiou Fernando, maravilhado com a beleza de nossa amiga.

— Por que você trabalhava para aqueles bandidos? — perguntei, interrompendo a inesperada paquera.

— Fui raptada — respondeu ela, enquanto acabava de se arrumar. — Nem gosto de lembrar disso. Eu dava aulas para crianças surdas e mudas em Corumbá. O doutor Nikolaus precisava de alguém para ajudá-lo em suas pesquisas com os chimpanzés e mandou seus capangas me pegarem à força. Foi assim que fui parar naquele ninho de traficantes.

— Você acha que temos chances de escapar disfarçados de índias? — questionou Fernando, ainda se recusando a fantasiar-se de mulher.

— Sim — respondeu ela, com a firmeza habitual. Daqui a pouco os comparsas de Nikolaus vão vasculhar a cidade de cima a baixo atrás de uma moça e dois rapazes. E não de três mulheres índias, entendeu?

Fernando, satisfeito com a resposta, entregou os pontos e foi tirando a roupa também.

— Ainda bem que quase não tenho barba — brincou.

O ecologista ficou uma gracinha com os trajes típicos dos Andes. Joana desmanchou-lhe o rabo de cavalo e fez duas traças caprichadas, deixando-o com cara de adolescente malcriada.

— Agora é a sua vez — disse ela para mim.

Nunca me senti tão ridículo em minha vida. E, para piorar, ela ainda penteou o meu cabelo para a frente, fazendo uma franjinha daquelas que as menininhas adoram usar.

— Pronto. Estão ótimos. Parecem duas bonequinhas — gabou-se Joana, assim que terminou a sessão de transformação. — Enfiem o chapéu na testa e permaneçam calados o tempo todo. Vamos — encerrou, tomando o rumo da estrada.

SANTA CRUZ DE LA SIERRA

Nas imediações da cidade pegamos um microônibus caindo aos pedaços, que nos levaria até o centro de Santa Cruz de La Sierra. A condução estava lotada de camponesas índias, com roupas e chapéus semelhantes aos que usávamos. Nossos disfarces deviam estar perfeitos, pois nem um dos calados passageiros prestou a mínima atenção em nós.

Nisso, um menino, descalço e esfarrapado como um mendigo, estendeu a mão para mim, falando um idioma incompreensível.

— Não se espante. É o trocador — esclareceu Joana, tirando uma moeda para pagar a passagem. — Ele está falando em quíchua, uma das línguas nativas da Bolívia.

Descemos na Plaza Central. Estávamos num centro urbano movimentado. Carros estrangeiros, a maioria de marcas japonesas, cruzavam as ruas e avenidas repletas de lojas comerciais.

— Esse lugar cresceu muito de alguns anos para cá — explicou nossa guia, em voz baixa. — Aqui, além de ser um polo industrial, corre muito dinheiro, principalmente o do tráfico de drogas.

— A que horas sai o trem? — perguntou Fernando, olhando para o relógio da igreja, no alto de uma torre no outro lado da praça.

— Às 14h30. Ainda faltam quase quatro horas, mas temos de nos apressar. Já deve estar uma fila danada para comprar os bilhetes.

O TREM DA MORTE

A estação ferroviária era uma verdadeira bagunça. Centenas de passageiros se amontoavam no piso imundo da atulhada plataforma, aguardando o trem pacientemente.

O ambiente colorido e movimentado lembrava o cenário de um filme de aventuras. Os índios carregavam embrulhos enormes com tudo o que se possa imaginar: trouxas, malas, baús, caixas, eletrodomésticos, latas de leite em pó, cachorros e galinhas, numa confusão dos diabos.

Crianças pequenas vendiam pastéis apimentados de carne moída: *"Saltena, saltena"* anunciavam numa cantoria incessante.

— Provem — falou Joana, parando um dos vendedores.

O sabor era ótimo, só que o recheio fez minha boca arder como se estivesse pegando fogo.

— Vão se acostumando — sorriu Joana. — De agora em diante vocês vão ter de comer igual aos outros passageiros.

À medida que as horas passavam, a estação ia enchendo cada vez mais. Havia muitos estrangeiros também. A maior parte jovens, americanos e europeus, vergados sob pesadas mochilas, além de alguns brasileiros.

Joana ficou um tempão numa longa fila que se arrastava lentamente, enquanto Fernando e eu esperávamos sentados no chão, calados e imóveis como os índios.

— Consegui bilhetes para a primeira classe — disse ela, toda contente, ao regressar com as passagens.

— Primeira classe? — surpreendeu-se o ecologista.

— Vocês não aguentariam viajar de segunda. É muito desconfortável!

— Quanto tempo leva daqui ao Brasil? — perguntei.

— Nesse que vamos embarcar, que é dos mais lerdos, cerca de vinte e seis horas mais ou menos.

— Vinte e seis horas?! — espantei-me.

— O famoso trem da morte — suspirou Fernando. — Eu sempre sonhei em fazer essa viagem. Só que em sentido contrário, seguindo a rota dos mochileiros rumo à cidadela sagrada de Machu Pichu, nas montanhas perdidas do Peru.

— Por que esse nome tão macabro? — quis saber, não gostando nada do apelido do nosso trem.

Joana, logicamente, foi quem esclareceu a questão:

— Como os vagões vão muito cheios, algumas pessoas viajam no teto. De vez em quando alguém se descuida e cai embaixo das rodas. Daí o nome trem da morte.

Subitamente, avistamos, em meio à multidão, a figura sinistra e inconfundível de Alonso. O grandalhão era seguido de perto por seu parceiro, Daniel. O parrudo e o bigodudo abriam caminho por entre os passageiros, olhando o rosto das pessoas atentamente.

— Abaixem a cabeça — disse Joana, sentando-se imediatamente ao nosso lado.

Os dois capangas passaram bem pertinho, quase roçando nossos calcanhares, mas felizmente não nos reconheceram.

— Ufa, escapamos por um triz — exclamei, aliviado ao vê-los se afastando.

— Temos de ter muito cuidado — alertou Joana.

— Alonso é um assassino profissional.

— E Daniel? — perguntei.

— Parece ser um sujeito perigoso também. Não o conheço muito bem, pois chegou à fazenda há poucos meses.

— Será que eles vão embarcar no trem? — perguntou Fernando.

— Pode estar certo que sim — respondeu Joana.

Dois soldados de uniforme cinza despertaram a minha atenção. Eles percorriam a estação examinando os passaportes dos mochileiros um por um.

— Não precisa se preocupar, Rodrigo. Eles só revistam os gringos — avisou a garota, ao perceber minha inquietação.

Nisso, um alvoroço tomou conta do lugar. Um trem de madeira, expelindo uma fumaça negra, começou a encostar bem devagarinho na plataforma de embarque, provocando um enorme corre-corre.

— É esse! — gritou Joana, puxando-nos pelos braços.

Antes que a composição parasse, o pessoal principiou a se jogar pelas portas e janelas, numa algazarra infernal. Sorte que tínhamos bilhetes numerados, pois o povo invadia os vagões em movimento, não respeitando o número de assentos vendidos. Quem não conseguia comprar as passagens com antecedência ia em pé mesmo, na maior cara de pau.

Em questão de segundos o trem ficou superlotado. Foi uma dificuldade para subir e atravessar os carros entupidos de gente. Homens e mulheres se deitavam no chão dos corredores, impassíveis, atrapalhando ainda mais a circulação.

Alguns se enfiavam por debaixo dos bancos e até entre as pernas dos que já se encontravam sentados, numa zorra total. Nem os banheiros eram poupados!

As índias colocavam suas trouxas e panos sobre as privadas e ficavam duas ou três delas, às vezes com crianças no colo, sentadas confortavelmente nos estreitos e malcheirosos cubículos.

— *Permiso, permiso* — pedia licença Joana, em espanhol, saltando por cima de cabeças e embrulhos.

Encontramos uma família inteira acomodada em nossos assentos. Joana teve de discutir asperamente com os intrusos para provar que os lugares tinham dono. Depois de muito bate-boca, o casal saiu arrastando a filharada e as tralhas pelo apinhado corredor.

Nossa poltrona ficava de frente para outra, onde havia três assustados turistas alemães que não cessavam de tirar fotos da incrível balbúrdia.

Finalmente, após quase uma hora de atraso, o trem pôs-se em movimento, deixando a estação de Santa Cruz de La Sierra.

NOS TRILHOS DA AVENTURA

Depois da partida, foi um entra e sai sem cessar nas inúmeras estações em que o trem ia parando. Em cada uma delas, um enxame de vendedores

tomava os vagões de assalto para vender pastéis e refrescos.

Nas paradas mais demoradas, o povo descia para matar a fome em barraquinhas sem a mínima higiene, instaladas ao longo da ferrovia. E, também, para fazer suas necessidades ao ar livre, já que os banheiros permaneciam ocupados durante todo o transcorrer da viagem. Era um salve-se-quem-puder geral.

Algumas pessoas corriam para o mato — isso quando havia alguma vegetação por perto. Nos enormes descampados, o jeito era se esconder debaixo do trem. Os estrangeiros, sem graça, improvisavam rodinhas para as mulheres, que em sua maioria usavam calças compridas.

Fernando quase revelou sua identidade ao tentar fazer xixi em pé, levantando a saia desajeitadamente.

— Não faça isso! — gritou Joana. — Abaixe-se como as índias.

Ao anoitecer, nossa amiga foi ao vagão-restaurante tentar comprar alguma coisa decente para a gente comer.

— *Permiso, permiso* — repetia, esquivando-se das pessoas que dormiam no chão.

A lua, do lado de fora da janela, iluminava árvores isoladas entremeadas por uma vegetação rala e rasteira. A mesma paisagem triste e monótona que nos acompanhava desde a partida.

Joana voltou com sanduíches de pão e queijo e duas latas de refrigerante:

— Vocês não sabem quem eu vi no carro-restaurante!

— Quem? — perguntamos, já prevendo a resposta...

— Daniel e Alonso. Estavam tomando cerveja e nem notaram a minha presença. Tenho certeza de que estão esperando os passageiros dormir para percorrerem o trem carro por carro.

— O que faremos? — questionou Fernando, entre uma mastigada e outra.

A garota, que parecia ter solução para tudo, respondeu:

— Na próxima estação vamos passar para o teto — decidiu. — Lá em cima será mais difícil para eles nos acharem.

— O quê?! — exclamei, não aprovando o plano.

— Não há perigo — retrucou ela. — Esta velharia, como já viram, anda muito devagar.

Assim que o trem parou, Joana nos conduziu a uma escadinha de ferro que dava acesso ao topo da locomotiva. Por incrível que pareça, havia um bocado de gente espalhada sobre os tetos dos vagões.

— Que barato! — disse Fernando, impressionado com a lua redonda e brilhante sobre as nossas cabeças.

— Jamais pensei que fosse virar surfista ferroviário — brinquei.

— Surfista ferroviário? — perguntou Joana, sem entender a minha piada.

— São uns caras malucos que se equilibram em cima dos trens da Central do Brasil, lá no Rio de Janeiro, como se estivessem pegando onda numa praia — tentei explicar.

— A diferença — ajudou Fernando — é que os trens vão em alta velocidade, o que faz com que muitos caiam e tenham uma morte horrível.

— Cruz-credo — benzeu-se Joana.

Ficamos de papo até tarde, deitados de costas, contemplando as estrelas na maior calma, longe do burburinho e do aperto do interior do trem. Com o passar das horas, o frio foi aumentando. Por isso, a maioria das pessoas foi descendo, até que no teto do nosso vagão só restássemos nós três.

Joana havia comprado, providencialmente, numa das paradas, dois grossos ponchos de lã, que esquentavam à beça. Enrolado num deles, fui ficando com sono. Fernando e Joana, cobertos pelo outro agasalho, continuavam a conversar sem parar.

"Isso vai acabar dando em namoro", pensei, antes de adormecer embalado pelo barulho do monótono sacolejar das rodas de nossa vagarosa condução.

LUTANDO PELA VIDA

Despertei com alguém chutando o meu tornozelo com violência. Quando abri os olhos, deparei com a figura musculosa de Alonso:

— Seus documentos, senhorita — zombou o bandido, iluminando a minha cara com a luz de uma lanterna.

O bafo forte de álcool indicava que o brutamontes havia bebido demais. Alonso se equilibrava com esforço no sacolejante vagão, tentando manter-se de pé com extrema dificuldade.

Joana e Fernando, que dormiam abraçadinhos, levantaram-se assustados com o atordoante clarão jogado em seus rostos descobertos.

— Até que enfim nos encontramos — provocou Alonso, avançando para a garota.

Só que ele não contava com a inesperada reação de Fernando. O ecologista, gingando como um capoeirista, levantou a saia e deu uma pernada no grandalhão, fazendo-o rolar de costas. Alonso ainda tentou segurar-se desesperadamente numa das bordas do teto do trem, antes de despencar com um grito horroroso no meio da escuridão.

— Minha Nossa Senhora! — exclamou Joana, fazendo o sinal da cruz.

— Eu não queria matá-lo — lamentou Fernando, abraçando-se à garota. — Não foi pra isso que pratiquei capoeira durante toda minha vida.

Não sei quanto tempo permanecemos ali, imobilizados de susto e pavor. Somente quando o dia raiou e o trem parou numa estação maior do que as anteriores foi que tivemos coragem de descer de nosso refúgio.

— Precisamos manter a calma — disse Joana, recuperando o controle emocional. — O pior já passou.

Misturados à multidão, tomamos café com leite servido em copos sujos e rachados numa birosca ao lado da via férrea. Nisso, Daniel passou perto de nós, demonstrando nervosismo e apreensão no rosto sério e cansado.

— O que ele vai fazer? — preocupei-me ao vê-lo se dirigindo a uma cabine telefônica.

— Deve estar avisando o doutor Nikolaus sobre o desaparecimento de Alonso — deduziu a garota.

— Qual vai ser o nosso próximo passo? — quis saber Fernando, ainda atordoado com os últimos acontecimentos.

Joana, desta vez, demorou um pouco para responder:

— Puerto Suárez. Lá vamos ter de achar um meio de atravessar a fronteira sem que os bandidos nos descubram — explicou, sem muita convicção.

PUERTO SUÁREZ

Chegamos a Puerto Suárez, que fica somente a vinte e cinco quilômetros de Corumbá, pouco depois do meio-dia. A estação de madeira era igualzinha à dos filmes de faroeste. Imunda, rodeada de bois pastando calmamente. O calor era intenso. Um cego tocava uma gaita desafinada, revirando os olhos opacos para o sol abrasador. Serviam-se refeições populares em mesas ao ar livre, sobre o chão lamacento, onde porcos escarafunchavam os restos por entre as pernas dos fregueses.

Ao saltar, fiquei estarrecido com o aspecto lastimável dos passageiros que desciam da longa e penosa viagem nos vagões de segunda classe e, principalmente, com a fisionomia e a sujeira dos índios, que vinham como animais de carga nos lugares mais baratos que haviam conseguido: apinhados carros bagageiros.

Os vagões de segunda classe, com seus desconfortáveis bancos de madeira, eram um amontoado deprimente de caras sujas e cansadas. Mas os bagageiros, onde viajavam os mais pobres, era um troço desumano e insuportável.

— Puxa, como podem viajar assim? — protestei. — Misturados aos bichos e sem nem uma janela?

— Isso é um absurdo — apoiou Fernando.

— Vocês têm razão — concordou Joana, envergonhada com o triste espetáculo. — E pensar que os índios formam cerca de setenta por cento da população — lastimou-se.

— A Bolívia é um dos países mais pobres do nosso continente, não é? — perguntou Fernando.

— Sim, mas é uma terra muito rica em recursos minerais. Temos estanho, prata, zinco, chumbo e cobre à vontade.

Nessa hora, lembrando-me de um livro de história das Américas que havia lido na escola, perguntei:

— É verdade que a prata extraída das minas pelos invasores espanhóis daria para construir uma ponte da América do Sul à Europa?

— Talvez — sorriu Joana. — O que eu sei é que somos explorados há séculos por uma minoria de origem europeia que constitui a classe dominante, desde a época da sangrenta conquista espanhola.

— E ainda comemoraram os quinhentos anos da chegada de Colombo às Américas com festas — indignou-se Fernando. — Isso é uma ofensa aos milhões de índios exterminados barbaramente em nome de uma pretensa civilização...

Joana, sabiamente, cortou a acalorada discussão histórica:

— Bom, temos de agir. Daqui para Corumbá as pessoas embarcam naqueles ônibus — explicou, mostrando um deles estacionado ao lado da estação, com a carroceria carcomida de ferrugem. — O problema é que não temos documentos. Vamos esperar a noite e tentar cruzar a fronteira a pé.

— A pé? — interrogou Fernando.

— Exatamente — disse ela. — Não é difícil. A maioria dos passageiros que vieram no trem para fazer compras no Brasil entra clandestinamente também.

— E o Daniel? — lembrei, preocupado com o bigodudo. Não podemos nos esquecer dele.

A nossa guia, como sempre, parecia ter uma resposta pronta na ponta da língua:

— Hoje de manhã, enquanto vocês cochilavam, dei uma volta pelo trem e não localizei o Daniel em nenhum vagão. É capaz de ele ter descido em alguma estação para se encontrar com outros comparsas vindos de carro ou de avião.

— É lógico que eles vão fazer de tudo para nos descobrir. Todas as saídas de Puerto Suárez devem estar sob a vigilância deles — concluiu Fernando.

— Estou estranhando não ter visto nenhum dos bandidos até agora — falei, olhando ao redor.

— Não é fácil achar alguém no meio desse tumulto — continuou Joana. — Venham, vamos procurar um lugar mais limpo onde possamos comer.

NOS BRAÇOS DA MORTE

Com os chapéus enterrados até as orelhas, fomos arrastando as saias compridas por uma ruela solitária ladeada de muros esburacados. De repente, um jipe freou violentamente ao nosso lado:

— Parem aí! — gritou Daniel, saltando do carro com uma arma na mão.

Estremeci ao ver o motorista. Era Alonso, com a cabeçorra toda enfaixada como se fosse uma múmia ambulante! No outro banco, a figura alta e elegante do doutor Nikolaus.

— Entrem logo — disse Daniel, jogando-nos com rispidez para dentro do jipe.

— Prazer em revê-los — cumprimentou o doutor, friamente. — Ridículo esse disfarce fedorento — debochou, olhando nossa roupa com raiva e desprezo.

— Pensaram que eu havia morrido, não é? — zombou Alonso, virando o rosto machucado para nós. O lado direito do rosto dele estava inchado e disforme, dando-lhe um aspecto aterrador.

— Vamos — ordenou o doutor, impaciente.

Amarrados e amordaçados, fomos levados para fora da cidade. Uma placa indicava que a estrada de terra que percorríamos a toda velocidade dava acesso a Corumbá.

— Entre ali — indicou o doutor, apontando para um bosque à margem do isolado caminho.

— Desçam — mandou Daniel, assim que o jipe parou.

— Rápido — gritou Alonso, arrastando Fernando pelos cabelos.

— Agora vocês vão ver o que acontece com quem desobedece às minhas ordens — anunciou o doutor, com um risinho sádico.

A situação era aterrorizante. Fernando, atônito, olhava desesperado para Joana, pressentindo que estávamos prestes a ser executados. Meus olhos imediatamente se encheram de lágrimas ao pensar que nunca mais iria rever meus pais.

— Deitem aí! — berrou Daniel, empurrando-nos de cara no chão.

— O cabeludo é meu — pediu Alonso, sacando uma pistola automática.

Fechei os olhos e comecei a rezar, esperando o tiro fatal. Ouvi uma arma ser engatilhada e depois dois disparos secos: PAM! PAM!

CARTADA FINAL

Alonso desabou gritando de dor ao meu lado, com as pernas ensanguentadas. O bandido contorcia-se todo com uma expressão de espanto estampada no rosto.

Erguendo a cabeça, vi Daniel apontando o revólver para o doutor Nikolaus.

— Seu traidor! — esbravejou o barbicha.

— Cale a boca e desamarre os garotos — disse Daniel, dando-lhe um safanão.

Parecia mentira que tivéssemos escapado com vida. Depois de libertados, nos abraçamos tremendo de emoção.

— Por que nos ajudou? — perguntou Joana, olhando com desconfiança para Daniel.

— Sou agente do DAB, órgão boliviano de repressão às drogas. Fui infiltrado na fazenda a mando de meus superiores. Estava recolhendo provas para incriminar esses bandidos — revelou o nosso salvador. — O meu nome verdadeiro é Pedro Armendarez — esclareceu, sem perder o doutor e Alonso de vista.

— Obrigada — agradeceu Joana, dando-lhe um beijo no rosto.

— Temos de cruzar a fronteira — alertou Pedro. Estaremos mais seguros quando chegarmos ao Brasil.

— E os bandidos? — perguntou Fernando.
— Vamos levá-los conosco e entregá-los às autoridades em Corumbá.
— Mas nós não temos nenhum documento — lembrou Joana.
— Não tem problema. Já avisei aos meus colegas da polícia federal da Bolívia e do Brasil. Eles vão nos dar toda a cobertura necessária.

FIM DE PAPO

Dias depois, de volta à casa de meus pais no Rio de Janeiro, ainda me refazendo da canseira da viagem, da maratona de entrevistas e reportagens e, principalmente, dos exaustivos depoimentos à polícia, recebi a visita do professor Lourival.

O velhinho me encontrou recortando as manchetes publicadas pelos principais jornais durante a semana inteira.

— Olhe quanta coisa — falei, mostrando algumas delas.

Desbaratado gigantesco laboratório de narcotraficantes ligados a bicheiros e políticos brasileiros.

Polícia Federal indicia banqueiros do jogo do bicho mancomunados com o tráfico de drogas.

Câmara Federal vai pedir a cassação do deputado Jadir Batalha.

Chimpanzés eram treinados para transportar cocaína e armas.

— O senhor acha que todos os figurões envolvidos vão ser realmente punidos? — perguntei ao professor.

— Não tenho bola de cristal, mas espero que todos sejam condenados. O escândalo foi grande, e o nome do Brasil está em jogo. Temos de acreditar na Justiça.

— Vamos ver — falei, sem muito entusiasmo.

— Bom, mas até agora, preso mesmo só o doutor Nikolaus e alguns capangas — reclamou. — Os outros denunciados vão responder ao processo em liberdade.

O professor deu uma olhada nos recortes espalhados sobre a mesa e prosseguiu:

— As provas são mais do que evidentes. Mas, mesmo assim, os principais acusados vão tentar desmentir tudo, como sempre fizeram, com a ajuda de renomados e bem pagos advogados.

— E os chimpanzés? — lembrei, curioso com o destino dos bichos tão inteligentes.

— Os que ainda estavam em boas condições de saúde foram entregues a organizações internacionais protetoras de chimpanzés. A maior parte deles será recambiada de volta à África, onde existem reservas ecológicas para a preservação desses animais.

A resposta me deixou aliviado. Era muito melhor do que ficarem expostos nos Jardins Zoológicos.

— Que legal! — exclamei, alegre com a notícia.

— E, por falar nisso, aquele tal de Alcides da Silveira foi demitido, a bem do serviço público, assim que o diretor do Zoológico voltou das férias — falou o professor, com satisfação.

— Cadê o Fernando? Por que não veio? — perguntei, estranhando a ausência do meu amigo ecologista.

— Anda muito ocupado — respondeu o velho mestre com um sorriso matreiro. — Está mostrando os recantos turísticos do Rio de Janeiro à Joana. Acho que isso vai dar em casamento — encerrou, piscando os olhos.

— Eu sabia — respondi, lembrando-me do namoro iniciado no inesquecível trem da morte.

Uma das perguntas mais frequentes em meus diálogos com jovens nos colégios onde sou convidado a dar palestras é: "— De onde você tira suas ideias?".

Bom, como já viajei bastante por esse mundo afora, é lógico que me inspiro em muitas coisas que vi e vivi durante essas andanças.

E a viagem que fiz à Bolívia (um dos países mais pobres e belos da América do Sul), onde transcorre boa parte desta aventura, foi uma das mais marcantes de minha vida.

Quem já viajou pelo famoso trem da morte, igual a mim, de mochila às costas, não se esquece jamais.

Também lanço mão de revistas, jornais, livros e filmes, mesclando realidade e ficção. Sempre que vejo alguma matéria interessante, recorto e guardo numa pasta.

O tema central, os chimpanzés, surgiu depois que ganhei um livro fantástico sobre o trabalho que a doutora Jane Goodall vem realizando há mais de quarenta anos com os chimpanzés na Tanzânia, África.

Adorei! E, fascinado pelo assunto, procurei pesquisar tudo o que encontrasse sobre esses animais tão inteligentes, considerados um de nossos parentes mais próximos.

Daí resolvi escrever esta história, dando um destaque especial para a maneira desumana e cruel com que os chimpanzés são tratados nos laboratórios de pesquisa.

Neste livro, busco refletir, particularmente, sobre questões fundamentais como: corrupção, violência e impunidade, que tanto afligem a nossa sociedade atual.

Sou professor, escritor, contador de histórias e ex-voluntário das Nações Unidas na Guiné-Bissau, África. Também sou professor-estagiário na Perboskolan – Skultuna (Suécia). Graduei-me em Letras pela Universidade Federal Fluminense – UFF e sou pós-graduado em Literatura Infantil pela Universidade Federal do Rio de Janeiro – UFRJ. Trabalho com histórias do folclore brasileiro, na área de Literatura Afro-Brasileira e Africana, e em programas de incentivo à leitura, proferindo palestras e dinamizando oficinas.

Publiquei mais de 90 livros infantis e juvenis, cinco deles traduzidos para o espanhol, alemão e inglês, e recebi diversos prêmios, dentre eles o Prêmio da Academia Brasileira de Letras de Literatura Infantil e Juvenil (2005) e o Prêmio Ori (2007), da Secretaria das Culturas do Rio de Janeiro, concedido àqueles que se destacam na valorização da matriz negra na formação cultural do Brasil.

Alguns de meus livros foram selecionados para o The White Ravens (acervo da Biblioteca Internacional de Literatura Infantil e Juvenil de Munique, Alemanha) e para a Lista de Honra do International Board on Books for Young People – IBBY, na Suíça. Participei das Feiras do Livro de Frankfurt (Alemanha), Bolonha (Itália), Luanda (Angola), Santo Domingo (República Dominicana), Guadalajara e Cidade do México (México); do Projeto *Doy a Palavra a Mis Histórias*, em Lima (Peru), do II Encontro Iberoamericano de Literatura para Crianças e Jovens, em Havana (Cuba), além de ter sido palestrante no Centro Cultural Brasil-Moçambique, em Maputo (Moçambique), e no Centro Cultural Brasil-Cabo Verde, em Praia (Cabo Verde). Também participei de congressos no IBBY em Cartagena (Colômbia), Basel (Suíça), Cape Town (África do Sul), Macau (China) e Copenhagen (Dinamarca).

Para conhecer um pouco mais do meu trabalho, escreva para randbar@gbl.com.br ou acesse meu *site*: www.rogerio andradebarbosa.com.

Sobre o ilustrador:

Alberto Llinares diz que gosta de desenhar desde que se conhece por gente. Ele conta: "Uma noite (eu tinha uns 6 anos), meu pai me levou para assistir a uma demonstração pública de um tal de Salvador Dalí (em Barcelona, onde nasci). Lembro-me de tudo daquela noite, as estrelas quase se fundiam com o mestre, e, na minha cabecinha de criança, aquilo ficou para sempre, foi muito legal e me ligou a esta vontade de desenhar". Anos depois, ao fazer uma pesquisa para um trabalho da faculdade, Alberto conheceu a redação da revista *Recreio*. Resultado: mudou de estudante de Matemática para ilustrador de histórias. E que histórias! Ilustrou obras de Ruth Rocha, Ana Maria Machado, Naum Alves de Souza... Mas vejam que interessante: nessa época, desenhava sobre papel; hoje, usa o computador, que transforma os desenhos dele em "cálculos matemáticos" e os aplica sobre as páginas dos livros.

COLEÇÃO JABUTI

- Adeus, escola ▼◆🗐⊠
- Amazônia
- Anjos do mar
- Aprendendo a viver ◆⌘■
- Aqui dentro há um longe imenso
- Artista na ponte num dia de chuva e neblina, O ✱★⊕
- Aventura na França
- Awankana ✐☆⊕
- Baleias não dizem adeus ✱📖⊕○
- Bilhetinhos ●
- Blog da Marina, O ⊕✐
- Boa de garfo e outros contos ◆✐⌘⊕
- Bonequeiro de sucata, O
- Borboletas na chuva
- Botão grená, O ▼✐
- Braçoabraço ▼ℙ
- Caderno de segredos ❏◉✐📖⊕○
- Carrego no peito
- Carta do pirata francês, A ✐
- Casa de Hans Kunst, A
- Cavaleiro das palavras, O ★
- Cérbero, o navio do inferno 📖⊠⊕
- Charadas para qualquer Sherlock
- Chico, Edu e o nono ano
- Clube dos Leitores de Histórias Tristes ✐
- Com o coração do outro lado do mundo ■
- Conquista da vida, A
- Da matéria dos sonhos 📖⊠⊕
- De Paris, com amor ❏◉★📖⌘⊠⊕
- De sonhar também se vive...
- Debaixo da ingazeira da praça
- Desafio nas missões
- Desafios do rebelde, Os
- Desprezados F. C.
- Deusa da minha rua, A 📖⊕○
- Devezenquandário de Leila Rosa Canguçu →
- Dúvidas, segredos e descobertas
- É tudo mentira
- Enigma dos chimpanzés, O
- Enquanto meu amor não vem ●✐⊕
- Escandaloso teatro das virtudes, O →☺

- Espelho maldito ▼✐⌘
- Estava nascendo o dia em que conheceriam o mar
- Estranho doutor Pimenta, O
- Face oculta, A
- Fantasmas ⊕
- Fantasmas da rua do Canto, Os ✐
- Firme como boia ▼⊕○
- Florestania ✐
- Furo de reportagem ❏◉📖ℙ⊕
- Futuro feito à mão
- Goleiro Leleta, O ▲
- Guerra das sabidas contra os atletas vagais, A ✐
- Hipergame ↝📖⊕
- História de Lalo, A ⌘
- Histórias do mundo que se foi ▲✐●
- Homem que não teimava, O ◉❏●ℙ○
- Ilhados
- Ingênuo? Nem tanto...
- Jeitão da turma, O ✐○
- Lelé da Cuca, detetive especial ⊠●
- Leo na corda bamba
- Lia e o sétimo ano ✐■
- Luana Carranca
- Machado e Juca †▼●☞⊠⊕
- Mágica para cegos
- Mariana e o lobo Mall 📖⊕
- Márika e o oitavo ano ■
- Marília, mar e ilha 🗐↝✐
- Matéria de delicadeza ✐☞⊕
- Melhores dias virão
- Memórias mal-assombradas de um fantasma canhoto
- Menino e o mar, O ✐
- Miguel e o sexto ano ✐
- Miopia e outros contos insólitos
- Mistério mora ao lado, O ▼●
- Mochila, A
- Motorista que contava assustadoras histórias de amor, O ▼● 🗐⊕
- Na mesma sintonia ⊕■
- Na trilha do mamute ■✐☞⊕
- Não se esqueçam da rosa ♠⊕
- Nos passos da dança

- Oh, Coração!
- Passado nas mãos de Sandra, O ▼◉⊕○
- Perseguição
- Porta a porta ■🗐❏◉✐⌘⊕
- Porta do meu coração, A ◆ℙ
- Primeiro amor
- Quero ser belo ⊠
- Redes solidárias ◉▲❏✐ℙ⊕
- Reportagem mortal
- romeu@julieta.com.br ❏🗐⌘⊕
- Rua 46 †❏◉⌘⊕
- Sabor de vitória 🗐⊕○
- Sambas dos corações partidos, Os
- Savanas
- Segredo de Estado ■☞
- Sete casos do detetive Xulé ■
- Só entre nós – Abelardo e Heloísa 🗐■
- Só não venha de calça branca
- Sofia e outros contos ☺
- Sol é testemunha, O
- Sorveteria, A
- Surpresas da vida
- Táli ☺
- Tanto faz
- Tenemit, a flor de lótus
- Tigre na caverna, O
- Triângulo de fogo
- Última flor de abril, A
- Um anarquista no sótão
- Um dia de matar! ●
- Um e-mail em vermelho
- Um sopro de esperança
- Um trem para outro (?) mundo ✖
- Uma trama perfeita
- U'Yara, rainha amazona
- Vampíria
- Vida no escuro, A
- Viva a poesia viva ●❏◉✐📖⊕○
- Viver melhor ❏◉⊕
- Vô, cadê você?
- Zero a zero

- Prêmio Altamente Recomendável da FNLIJ
- Prêmio Jabuti
- Prêmio "João-de-Barro" (MG)
- Prêmio Adolfo Aizen - UBE
- Premiado na Bienal Nestlé de Literatura Brasileira
- Premiado na França e na Espanha
- Finalista do Prêmio Jabuti
- Recomendado pela FNLIJ
- Fundo Municipal de Educação - Petrópolis/RJ
- Fundação Luís Eduardo Magalhães

- ● CONAE-SP
- ⊕ Salão Capixaba-ES
- ▼ Secretaria Municipal de Educação (RJ)
- ■ Departamento de Bibliotecas Infantojuvenis da Secretaria Municipal da Cultura/SP
- ◆ Programa Uma Biblioteca em cada Município
- ❏ Programa Cantinho de Leitura (GO)
- ♠ Secretaria de Educação de MG/EJA - Ensino Fundamental
- ☞ Acervo Básico da FNLIJ
- → Selecionado pela FNLIJ para a Feira de Bolonha

- ✐ Programa Nacional do Livro Didático
- 📖 Programa Bibliotecas Escolares (MG)
- ↝ Programa Nacional de Salas de Leitura
- 🗐 Programa Cantinho de Leitura (MG)
- ◉ Programa de Bibliotecas das Escolas Estaduais (GO)
- † Programa Biblioteca do Ensino Médio (PR)
- ⌘ Secretaria Municipal de Educação/SP
- ⊠ Programa "Fome de Saber", da Faap (SP)
- ℙ Secretaria de Educação e Cultura da Bahia
- ○ Secretaria de Educação e Cultura de Vitória